SHINJU

真珠

荒川洋治

二人ずつ抱くと
一人が余る

SHINJU
ARAKAWA YOJI

ARAKAWA
YOJI

気争社

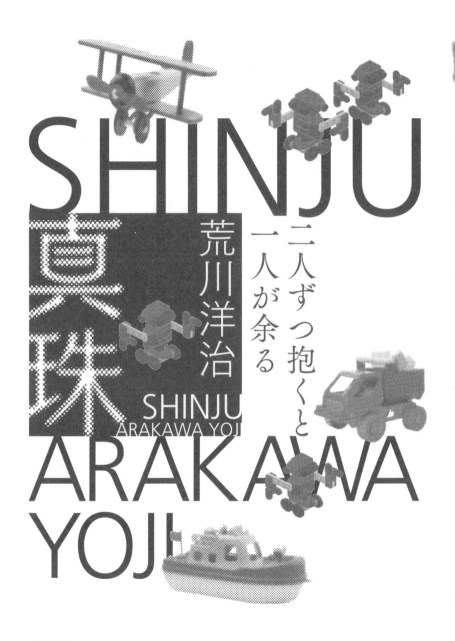

真珠

真珠　目次

真珠　10
秋の機械　16
作文管理所　22
草原にしあれば　26
燕　32
白旗　36
作られた人　42
薬の旅　46

活動の息子 50
野塩西原 54
くび 60
物理 66
若い部屋 70
模型 74
裁断橋 80
工場の白い山 84

真珠

2023

真珠

身のほどが輝く真珠。

いつ見ても平凡な看板の
昔からのつくりの喫茶店に
平日の四時ころ　常連の
男の老人と　女の老人・ともに小柄、
八〇歳以上・が入ってきて　コーヒーをのみながら

男のほうが　小声で　一方的に話す
野球の話では広島の新星・末包、
巨人の岡田とつづき「使いものにならない」
選手の予想に飛び、根尾、今年もどうかとなり
転じて昔、西武から中日に移ったコーチ某は
現役で二年しか投げなかった、いつだったか
七回裏に逆転満塁ホームランを浴びて、など
異常なこまかさが世の根幹となる
小柄な婦人のほうは　ひとこともしゃべらず
うなずきもしないが
夫婦なのか　社会の恋人なのだろう

ときには経済、社会、文化に及び
突然、日本社会党の委員長のことになり

片山哲からだよ、鈴木茂三郎、河上丈太郎、浅沼稲次郎、
さらに佐々木更三（宮城の農村の出だよ）、成田知巳とつづけ
江田三郎はね、委員長代理で終わったんだね、ほら
江田五月のお父さんだよ、中国の人民服の北山愛郎もいたな、
まあ　昔から　絵があった
社会党は数の上ではたいしたことなかったが、愛嬌があったね、
婦人は、何も言わない
中日と西武の区別もつかないくらいだから
こちらが暗に付け足すとしたら三宅島生まれの浅沼稲次郎が
作家田畑修一郎が三宅島に来たとき、かかわったということぐらいで
この老人の静かな知識は
真珠のように輝くのだ
「荒地」同人なら鈴木喜緑、野田理一あたりまでせめこんでくるのではないか
一時間ほどして　二人は帰っていく

二人は　帰っていく　社会をあとにする
何かへ的中していくように

ひとりの子どもが
母親のお茶のために
その場に
残されることがある
社会主義の影だけがそれを思い出すだろう

ユーゴスラビア連邦共和国が解体して二〇年後のいまも
隣国に向けて　よろよろと
一つの矢が飛ぶように
誰かの硬い傷に向かって
子どもは駆け足になっているように思える

明日も　きょうだからね
いつ見ても平凡な看板の前
母親と子どもは　戦車を降りて
小石のように止まり
真珠のこぼれた
席へ向かう

ハマボウフウのようにちぎれ
小金の波を打つ
死体は詩体であってほしいし
生きている人には夜の背中にも
なにもしない白い魂であってほしい

配膳ロボットが　音楽を鳴らしながら
玉子料理とパスタを
客のテーブルのそばに運び
奥の待機所に戻ると
静止し　次の出番を待つ
吐息のない　幼い機械の休息
「お父さん」と叫びそうに
まちがえて「伯父さん」とも叫びそうな

でも人には
なにもしない白身の魂だ

タガンログの丘の水車はまだ回り切らない
可憐な機械が
九〇キロ西方の都市の空のなかの
繃帯で囲われた無人の店内を歩きながら
たどっていく
「ピラフ運びましたア」と、
ロボットの日本少女ピコンがいう
音楽にこまかく身を切り
チャプチャプチャプと瀬音なども添えて
玩具は進むのだ
白い羽、白身の羽をテーブルに

これから暮れていく丘は
二人連れも来る　風の一日
誰かが店長を呼ぶ
人名の浜辺で

作文管理所

どんぐりが落ちるとき
という題の捨てられた作文。

どんぐりは地面に
落ちるとき
芽の出る頭のほうが
うまく地面に着くように

初め、横向きになり
（あ、空の小鳥の左の眼が見える）
それから木から離れ
「芽の出るほうが
地面に着くように」まっさかさまに
家訓どおりに落ちる
少し　はずれる

下校時間が来て
児童たちは帰っていく
私と私という童話を
書いた人は　いつも
自分のそばに
いるわけではない

と教わったばかりだ
その人はこれからも世界の遠くにいるのだ
世界からも遠くに

左の眼をあけて
小さな飛び地の上を飛んで
よく知った道筋を通り
空の小鳥は
背負う荷物を感じながら落ちていく
左の眼をまわす
あのように　このように（あ、私の眼だ）
楽しげに　小さな指をかかげて
降りていく

草原にしあれば

分室では名前の付いたハンカチで介抱された
官服がぬがされていく

一〇月二七日は秋の運動会
秋晴れのさわやかな朝
霧社事件が起きる朝だ
その血がどこから来たのかは

二度目のドアでもわからない

大型スーパーの前に「生鮮の店」という小店
スーパーで買うのはやっかいという人は
そこでたいていのものを
秋の店員は数も少ない
隣町のような静けさもある
下の子の運動会だけど親戚の用事で
埔里を通って　花蓮の町まで
山をこえて行ってくる
と聞き
にわかに呼吸が激しくなった

二〇〇五年のある秋の日

青年フランチェスコは足早に
プーリア地方の戦地に向かっていたが
急に向きを変え
さらに正直な戦争を求める
急に
引き返し点となったスポレートの地点には
ぞっとするほどには地理的な特徴はない
草原にしあれば

途中　丈の長い　ぼろの被いをまとい
やたらと腰にくっつけた鍋や　汚れた皿が
楽器のようにガラガラと鳴る五人の男に
出会い　その溶けていく身体を見て
少しためらったあと抱きしめる

顔面をこすりあい強く鉄分を抱きしめる
隣町の人を抱きとめることとどこかちがうが
秋も深まると記憶について直轄地を失う
二人ずつ抱くと一人が余る

トマト、きゅうり、ちょっとしたお菓子などは
小店の入口に出されていて
店員がときおり面をかぶり
子どもが書く詩を咥えるように並べかえる
新しいものは奥にかくし
古い日付から手にとられて売れていき　店員は見えない
五人の体はすでに溶けはじめているので
つかみどころがない

地点というものに
つかまるしかない
最初の地理が生まれた瞬間の衝撃である
眼を白黒させた抱擁が終わり
「もうこれでお別れです、兄弟よ」
というのに
ぼろの五人はプーリアの草原で
まだねころんだままだ
「楽しかった、もう少しこのままでいたい」と
みずからが去る方角を見つめない
人体が
よろこびのなかで枯れていく草むら
小店は夜八時に
霊廟のようにドアが閉まる

プーリアの草地にも冷たい
穏やかな風が落ちていく
二人ずつ抱くと
一人が余る

燕

水面を見つめる女性
霧が回る
そこらじゅうにある
空の　のどかな美しさ
カナダの山村のシルヴィーは
いい学校を出たのに
うたたねを繰り返し

速さをもたない
燕になっていく

問題を話したりしても
いつものように話すことが
煙突の口のようで楽しくなり
それでも羽というものには
むずかしい問題があるのだ

そのそばに
肌のきれいな青年が
煙突から出ないまま
あたりを支えることがある
ときおり小さなことばが

その口からもれる
それは泉からわいたように
かよわいものである

シルヴィーはいう
何か字を書いているの、と
そのまま何もなく
二人は帰っていくことになる
ただのまっすぐな消滅で
途中の道にも
教育を必要とするものは
何もない
小さな霧が回っている

白旗

もぐらの父は
母と二人きりになると
もぐらの話をした
一から二へ　立ち去る

人力車夫、病院の下足番、
映画館・劇場の中売り、夜廻り

一から二への動きを　そでから仰ぐ

渥美が残した唯一の文章は「小石」
道ばたに転がる小石を見つけると　いつも
「これから歩く人たちのために、だよ」と
側溝へ「けり落とす」子どもを
知覚をなくしたその子の
ゆたかな土煙を見つめるものだ
すべてはただのもぐらに還る
ことのように彼には思える

もらった菓子を
かさこそ包んでいるときは
「見つけると　いつも」の

道に出ていた
街頭は　よく見かける人の道が
見えて楽しいと　渥美は思う
いつも立つとき　星のように
静かな街頭がひとつ浮かび出るのだ
白い旗は見えない

映画館では　パンを売り
水アメを売り
人の横顔だけを見ていた
彼が映画を見ることは
ついにできなかったのだ
北東部イタリア映画の美しいポー川を
すべるように下っていく船の

まばゆい晴着の若い男女は
中売りのときに見た人たちだった
成犬フレイが目を離すときのように
ただ一瞬の　ことだ
もぐらの父は
母と二人だけになると
土のなかの生き物を包みはじめる

作られた人

地下には小さなほこらがあり
始まりにあった
七歳の少女のような実が
たくさん集められている
春の夜は
作られていく人たちの
影にみちていた

武生・日野美で
すし屋をしながら
前方だけを見つめ
虚構を書く人もいて
人びとは　その年の最初の朝も
「近くを通りましたよ」と
あとから生まれたはずの
彼の姿を見たあと
形を見て
通りすぎていく

花と実が斜めになり
形と色が高まり

春の日はまだ
流れた銅のようにさしていく
外階段が揺れて動いたあと
この世のもととなる
少女の部屋で
明りがつく

薬の旅

商工会議所の扇風機は
ときどき羽根がとまる
叩くと動き出す
また叩くと止まることも
去年の秋の箱から出してきた
涙目の機械だから

暑熱の日ざしのなかを
大きな売薬の荷物をせおって
まだ若い青年が通り過ぎる
叩く姿は見えるが
二度目の叩く姿は
窓の下になって見えない

薬はちょうど懸場の全体に
ゆきわたり
健康な人たちの明治中期の行列が
これから先も楽しげに始まるだろう
幸せな人は道をゆずり
きれいな着替えをもって
少しうしろをついていく

夏から秋へ

旅情は君のものなれど
子どもの隙間からたちあがった
紙風船の血潮は
ちいさな息を整えながら
戦時の跡地へと昇りつめる
すべてのことを
忘れる人はいないのだ

活動の息子

無声映画と無声映画のあいだには
黄色いクチバシの紐がかかる
日本桜　新不如帰　新桃太郎の
活動弁士・岩藤思雪は　クチバシをはずし
息子の家にもどった
活動弁士の息子は　海員を書いたあと文名を失い
いまは黒い作業帽に、若い頭を包み

鶴見の工場で働く
中ぐらいの大きさの瞳
ちょっとした貴公子ではないかと　老いた父は思う
声を加えて　力を尽くすことだ
息子の机の上には
葉山様、で始まる書き損じが
ていねいに置かれている
ウー・サン・モンは小さな娘を
中庭で抱き上げた途端
藪を割って撃ちこまれ
八〇〇人の死者の真夏の石に入ったままだ
活動の息子はまだ
幾多のものが見え隠れすることを知り
黒い作業帽のまま　中ぐらいの瞳を開けている

遠景に叩かれ　折れていくまで
長い時間を漂うことにすることだ
「葉山様　いつもとはちがう血を見て
目がおどろきました」は、息子の書き損じ
「晩飯はまだか、晩飯はあるのか」
とは、声をからした父親
鶴見・東寺尾の工場の袖をつかむように
シッタウン川が　声をからし
力いっぱい流れ寄るとき
活動の息子は　光いっぱいのなかに
見え隠れする

野塩西原

人が次々に運ばれてきた盛況。
「お母さんは、黙って、そこにいて。
ぼくは一人で診てもらうから」
と古代の子ども。対岸には、小舟の父。

夕日は一日に一つ
古代遺跡の重い患者にも一つ

四ノ宮製作所では、工員たちが
弁当を食べていた。休息の。
そこから五分ほど歩くと
野塩の遺跡が現れる
案内板だけで
古代はあとかたもない
八三三年の「悲田処」の跡で
「悲田処」の文字はここでしか
使われない
「東原那美説」を載せた
回覧板のような資料を大切に
かかえて
北園は揺れながら歩いていく
余傳はまた余傳で歩いていく現代。

太郎たち次郎たち、繃帯を待つ
「ヤマイモの葉と、甘葛で
いいのでは」というのは
投げやりに見えて正しく
傷へ　ぐるぐる巻き付けた
瀕死の男に薬味が
すいついていくようす

「子供」は、いまは使ってはならない用語
「子ども」にしなくてはならないと
内角を通っていく

表現は、野塩西原に至りつく
熊谷妻沼であり

妻沼熊谷ではないように
傷口のあくところに月夜は
野塩と西原に
無事にあてがわれる

「太郎さん次郎さん、やはりヤマイモでは
だめだったよ」と野塩の声
カタンと音を立てて
夕日はまた一つ駆け上がり
「おい、こら」と
八三三年が、貧しい家の子どもを呼ぶ
声がする
西原の子どもは「何するの」と
内角を通って去っていく

野塩と西原の間の
消え去った田畑の面貌
この伸び行く深刻な道
知らないままで懐かしい
高まりの果てに
次々に内角に崩れ落ち
あまずらを手に受けていく

余傳三郎は実は　知るために
前日　嵐の夜
野塩西原を下見にきた
そのとき野塩も西原も
白い焔を上げて燃えていた
あす見るところを今日見ることは

なんと平静で涼しい場に
置かれることだろう
「子どものぼくは一人で生きて」と子ども
「いろんな人たちと仲良くしたい」と母
まもなく二人も白い布を巻いたまま
下見を終えていく
嵐は
戸と戸を合わせるように強まり
対岸の小舟の父も揺れる

くび

ムード。くび。退避。
跡目を通っていく風の、羽。

山と山をつなぐ「くび」は
暗いモミの森
「水晶」の雪道は険しい
妹ザンナは兄コンラートのいう通りに歩く

道に迷っても、コンラートは
「大丈夫。道がひろくなったしるしだ。
ほら、向こうの木が見えないだろう」
妹は、兄にいう
「そうよ、コンラート」
望月市恵訳では
「そうね、コンラート」
ああ、どんな冬の日も二人のもの

その人のための買い物で歩くとき
彼はいないのに
その人のことを感じ
心が温まることがある日が
ここに来ているかのように

セバスチャンは、ロンドンの
二人の探偵のうしろに立つ
使った物を
「それ、戻しときましょうか」といったり
調査のためにつけた
変な仮面をまだつけているとき
みんなから
「そろそろ着替えたら」といわれるところで
消えていく羽と
それまでつけていた羽

母は警官　子は司祭
母が　トゥールのパトカーを降り

すれちがう司祭の襟元を見つめる
草を刈ったあとの大きな紫の山なみ

「土と兵隊」の作者の妹の子である
医師が　ナンガルハール州の斜面で
井戸の定規の　ほこりを払う
こうして水を吸う渦はあるのに
彼を襲う隣人にも
幸福というしあわせはあるのに
司祭は
母について振り返る
トゥールの雪にことごとく染まるように

望みはかなわないのに

ひとときの小さなコップ
そこからあたりは暗く明るくなる
「そうね、コンラート」
「そうよ、コンラート」

どの人にもとどまらず
くびのなかへと退避する
人は小鳥となり　庭を飛び跳ねて
楽しいこと　うれしいこと
でも買い物を終えて
羽の個体となり
さみしくなった短い帰路の小径
兄と妹は
くびのモミの森を歩き

タンタンタンと
環境に傷をつけて
伸びていく小径

物理

ゆで玉子のような
肌のきれいな丘が見え
家をさがす女性の指先が
向こうからも現れた
金史良「コブタンネ」のように
ああ、誰も知らなくてもいい
この物理を

ソウルの下町の小さな
隣の女の子だった人が
女性になり
でも貧乏で
いまは同じように小さな女の子を
おんぶし
部屋をさがしているのです、と
ぼくにいうのだ
およそ十年ぶりですから
いっぱいありますよと
ぼくもまた隣の鳥をおんぶし
答えていくかに見えるのだ
いつもどこかの空で

並ぶように

人が部屋を得ることは
崖に落ちなければ
小鳥とくっつくように楽しいもので
口をあけ
交互に出てくる水をのみ
人を救う時刻には
ふらふらとあゆむことさえできる
目の奥にいた
青い人たちも立ち直り
見つめあい
交互に部屋の端へと
消えていく

若い部屋

渓間からずっと雪をかぶり
蔦をよけて歩き
市井にからめ　出番を控え
いったん水の景色を消しながら
並べ　「こんにちは」　という
これでみんな　おどろくかな
玄関には白い靴がそろい

健康な足を伸ばす
同人の西谷くんはまだ
自転車に乗っているので
みなで　我はなくとも
と　つぶやく
「ハナ子追憶」は、一六回目と
三六回目のものしか手元にないので
あらすじが見えない
秋の気配を感じて死ぬ織田と
常務になる野波君の話だけ
今日も一日
出てこないハナ子
仏足石歌は二一首で心をみたした
その石の幅の少し内側に

すわりなおすと
「来たよお」という声が聞こえ
これでみんながそろった
我はなくとも。
玄関から入って来た西谷の顔だが
西谷はこれから先
どこにすわるのだろう
「何から話すの」
「楽しいのだね」といいあう
踏み出しの足が
蔦をよけていく

模型

ほら、わが身は組み合わされ軽くなる
美は美しいままではいられない
ひもは解けるのに、縛られたままにしていた。
いのちがなくなっても、することがあるので。
走り出す車道が見えるので

男は二〇歳を過ぎたのにまだ働く。

組合に出たあと、たまたま見た
「映像散歩」という番組は新鮮だった
空から・飛行機が、一定の広域を映し出すもので
その日の飛行は　愛媛・佐田岬の速吸瀬戸から
あやうく切れそうな長い長い半島の
危険な地理を見下ろしながら
内陸におしいり、八幡浜、法花津湾、宇和島湾を映し、

というところで
いったいこれはどのあたりか
わからなくなり叫ぼうとしたら
画面に模型のイラストの可愛い飛行機が
数秒だけあらわれ、「ここですよ」と、
あらわれ

曲がるときは
直角に向きを変える
どこからともなく起きる拍手

アフリカの年　一九六〇年からは
カメルーン独立、ソマリア独立、中央アフリカ独立、
モーリタニア独立、さらにシエラレオネ独立と
小学生新聞は大きく報じ　独立の拍手のさなか
コンゴ共和国パトリス・ルムンバは二か月半で
初代首相の座を追われ、とらえられ、森に捨てられた
ひもは、解けるのに、そのままにして。三五歳の死。
「赤い椿の花」で、
峠を越える乗合バスが
あまりの走行のつらさに

半時間ほど、運転手が小屋で休むので
乗客も静かに森のなかで休憩をとる
「運転手さん、どこの町の生まれですか」
「須崎です。私はまだ働いていますか?」
そこから武者泊、宿毛、土佐清水、須崎の街へと
移っていくのだ（模型は消える）

管理ラインはコンゴ本体とカタンガ州を直線で
区切り　軍用機は切られた塩の瓶のように
直角の空域を移動する
さらに暗い森のなかで遠くなる星のように
まだ働いている男の足首のように

模型の飛行機はいつのまにか　消える

「説明」の役割を果たすと消えていく
そのあと画面の外で
どこを飛ぶのだろう
きょうもまたバスのそばで眠る人びと
母は壊れた子どもをかかえて
人の形のようなものを
腰の間で知らせていた
パトリス「まだ働いているのか」
小学生「二〇歳まではそうしなくては
いけないの」　アフリカのような夕日の前で
パトリスは子どもでも解けそうなひもで
でもそれは
一番解けにくいひもでもあるのだ
暗い林の樹に縛られたまま

彼はいまも子どもたちの星を見つめる
血の繃帯をかかえた乗合バスは
やがて発車する
山路をつたい
時間をかけて　森林の最後の風にあおられ
頭部を揺らして
模型の須崎へ戻っていく

裁断橋

川に沿った道路を
母に連れられた五歳くらいの女の子が
少し離れた石橋を歩く
女の子の姿を見て
「あ、小学生だ！」と。

ランドセルの女の子は

そのとき顔がひろがるようにして
少し高い世界を歩きかける
ように見えた

知られることのないおりにも
道周はかがやく
あたりは風船のようにふくらみ
そこに地上の世界がなくても
そろいの衣裳を見せているものだ

歩みをつづけて
靴が番地にしみるところで
年上の女の子は　ふと振り返る
わびしくもなく

何も成しとげることの
なかったときの
偉人の顔だ

工場の白い山

生涯は血の色ではなく
色の血のようである

白い山肌は
みぞれにおさめられた
落ち着いたようで
安らかでなく

生き方は　いまどうしているのか
鋭利なものは　とがりながら枠を外れ
愁然とした一本のからだを横にしたり
真横に返したりして
引き寄せるうちに
次々に仲買人の肩先をとおって
生き方は　どこかへ
あるじのないまま運ばれていくのだ

雪国の製網工場には高い
戸板の窓があり
そこから白山が見えて
木の形、葉の形まで
こちらの鈍い眼でなめることができるし

また逆に
葉のなか、木のなかに
白い山が　身を寄せてくることもある
近在から通う若い女性たちは
白い布で頭をゆい　綿糸　葛糸の
年を越す　豊かな反動を
胸元に伝えながら
真剣に　有結節網を撚りはじめる

それでも顔の一部を
背中のほうに見せ
新聞には
「漁網、アミラン優勢に」
の文字が赤く光り

カタカタ、ガタと音を立てて
日本の糸車はまわり　夕方に向かうと
若干の身の回りを
少しずつ片づけていき
静かな工員として去って行く

そしてやや　遠いところに届くと
それでよかったのか
都市型の洗濯ものをとりいれる
安らかに立ちのぼる若い女性の姿が見える
誰も彼もここにいない
木のなか、葉のなかに
白い山はやってくる
高い樹の間からも湧き出た水は

地下の下側を通り
生き方は　あるじのないまま
不思議に高まっていくだろう
工場は消え
白い山だ

初出一覧

真珠	「午前」第二一号・二〇二二年四月
秋の機械	「午前」第二三号・二〇二三年一〇月
作文管理所	「潮流詩派」第二七二号・二〇二三年一月
草原にしあれば	「現代詩手帖」二〇一八年一月号
燕	「潮流詩派」第二六八号・二〇二二年一月
白旗	「現代詩手帖」二〇二一年一月号
作られた人	「詩人会議」二〇二〇年一月号

薬の旅　「詩とファンタジー」第三九号・二〇一九年八月

活動の息子　「詩人会議」二〇二一年八月号

野塩西原　「現代詩手帖」二〇二三年一月号

くび　「現代詩手帖」二〇二二年一月号

物理　「詩人会議」二〇二二年一月号

若い部屋　「詩人会議」二〇二三年二月号

模型　「現代詩手帖」二〇二〇年一月号

裁断橋　「奥の細道　別冊」第二六号・二〇一九年四月

工場の白い山　「午前」第二三号・二〇二三年四月

真珠《しんじゅ》

二〇二三年 九 月二〇日初版第一刷
二〇二三年一一月二七日初版第二刷
二〇二四年 四 月二五日初版第三刷

著　者　荒川洋治
発行者　平田慈朗
発行所　気 争 社
〒一八九—〇〇〇三
東京都東村山市久米川町三—二六—二〇
宮本方　ＦＡＸ〇四二—三九二—八八五四
制　作　信毎書籍印刷・渋谷文泉閣

地方・小出版流通センター取扱品
装　幀　芦澤泰偉